Écrivains | numéro 6

VICTOR HUGO,

LE MONSTRE SACRÉ DES LETTRES FRANÇAISES

— De la bataille romantique
à la défense des « misérables »

par Elodie Schalenbourg

50MINUTES

Avec la collaboration de Gauthier De Wulf

VICTOR HUGO

- **Naissance ?** Né le 26 février 1802 à Besançon.
- **Mort ?** Décédé le 22 mai 1885 à Paris.
- **Contexte ?** Le XIXe siècle français est particulièrement troublé sur le plan socio-politique, avec la succession de plusieurs régimes politiques. Dans le domaine artistique, le néoclassicisme cède la place au romantisme qui évolue à son tour, à partir du milieu du siècle, vers le réalisme.
- **Œuvres majeures ?**
  - *Le Dernier Jour d'un condamné* (roman, 1829)
  - *Hernani* (théâtre, 1830)
  - *Notre-Dame de Paris* (roman, 1831)
  - *Ruy Blas* (théâtre, 1838)
  - *Les Contemplations* (poésie, 1856)
  - *Les Misérables* (roman, 1862)
  - *La Légende des siècles* (poésie, 1859, 1877 et 1883)

Difficile de trouver meilleure incarnation de l'écrivain total que Victor Hugo. Tour à tour poète, dramaturge et romancier, mais aussi homme politique et orateur, il semble avoir conjugué plusieurs vies à la fois : celle du poète lyrique replié dans son cabinet de travail et celle du défenseur du progrès social ; celle du bon père de famille et celle de l'amant passionné ; celle du héros de la patrie et celle de l'exilé ; enfin, celle du chef de file du romantisme et celle de l'auteur que l'on ne peut réduire à aucun genre ni à aucune école.

Marqué dès sa jeunesse par la perte d'êtres chers et agité par les événements politiques autant que par ceux de sa vie privée, il est néanmoins à la tête d'une œuvre colossale qui compte plus de vingt recueils de poésie, neuf romans, une douzaine de pièces de théâtre et quantité d'autres textes – auxquels il faut ajouter une correspondance abondante qu'il entretient tout au long de son existence. Du génie précoce et sans le sou à l'incarnation de la République française, en passant par le jeune royaliste et l'exilé volontaire, c'est la trajectoire d'un homme plein de contradictions que nous nous proposons de présenter ici, un homme qui, en cela, représente particulièrement bien son siècle.

CONTEXTE

LE XIXe SIÈCLE OU LE RÈGNE DE L'AGITATION

En France, le XIXe est le siècle des expériences politiques. Au sortir de la Révolution française (1789), le pays s'essaie à tous les régimes. L'empire, la monarchie et le système républicain se partagent tour à tour le commandement entre 1799, année qui marque la fin de la période révolutionnaire et de la Première République, et 1870, année qui voit l'adoption définitive de la République.

Du Consulat à la monarchie de Juillet

À la naissance de Victor Hugo, en 1802, Napoléon Bonaparte (1769-1821) est consul à vie depuis trois ans. Mais, dès 1804, il effectue la transition vers un régime qui sied mieux à ses ambitions politiques, l'Empire, et devient empereur des Français sous le nom de Napoléon Ier. Cette période est marquée par d'importantes campagnes militaires et la conquête d'une bonne partie de l'Europe. Cependant, en 1814, la prise de Paris oblige l'empereur à abdiquer une première fois face aux forces européennes coalisées contre lui. Il revient néanmoins à la tête de la France durant l'épisode des Cent-Jours, du 20 mars au 18 juin 1815. Mais sa défaite cuisante lors de la bataille de Waterloo conduit à sa chute définitive ainsi qu'à la restauration de la monarchie – une monarchie constitutionnelle, cette fois, et non plus absolue. Il n'est plus question de revenir à l'Ancien Régime ! Si Louis XVIII (1755-1824) parvient à stabiliser le pays, son successeur, Charles X (1757-1836), prend plusieurs mesures anticonstitutionnelles qui lui attirent les foudres du peuple. En 1830, les journées révolutionnaires des 27, 28 et 29 juillet (les Trois Glorieuses) mènent à un changement de dynastie : c'est le début de la monarchie de Juillet, qui couronne Louis-Philippe d'Orléans (1773-1850).

De la révolution de 1848 à la Troisième République

L'année 1848 marque à nouveau un important tournant dans le siècle. La Révolution de 1789 avait pointé du doigt la sclérose de la société française et son besoin de changement, mais ni l'Empire ni la monarchie n'ont apporté les réponses adéquates. Le peuple se soulève alors une nouvelle fois, et dans cette révolution, politique et littérature font front commun. C'est en effet le poète Alphonse de Lamartine (1790-1869) qui, le 24 février, proclame la Deuxième République. Louis-Napoléon Bonaparte (1808-1873), le neveu de Napoléon Bonaparte, en est élu président. Mais, contrarié de ne pouvoir se présenter pour un second mandat, il s'autoproclame empereur sous le nom de Napoléon III à la suite d'un coup d'État en décembre 1851. Durant son règne, le nouvel empereur incite au développement de l'industrie française et entreprend de grands travaux de transformation dans Paris. En politique extérieure, réalisant le danger que présente pour la France l'unification de l'Allemagne, il déclare en juillet 1870 la guerre à la Prusse, qui prend rapidement le dessus sur l'armée française. Napoléon III est fait prisonnier lors de la défaite de Sedan, en septembre de la même année, ce qui précipite la fin du Second Empire et ouvre la voie à la Troisième République, qui perdurera jusqu'à la Seconde Guerre mondiale (1939-1945). Après l'épisode sanglant de la Commune – une insurrection du peuple qui, en 1871, cherche à imposer à Paris un système d'autogestion –, la France trouve enfin un peu de stabilité dans les dernières décennies du XIXe siècle.

UNE SOCIÉTÉ EN PLEINE MUTATION

Au début du XIXe siècle, les révolutions et les campagnes de Napoléon Ier portent un grand coup à l'économie française. Mais, sous la monarchie de Juillet et, surtout, sous le Second Empire, la révolution industrielle, arrivée d'Angleterre, donne une nouvelle impulsion à l'économie nationale, grâce à l'apparition des chemins de fer, de la machine à vapeur et de moyens techniques de plus en plus perfectionnés. Les centres urbains connaissent un essor considérable, au détriment des campagnes, qui se vident progressivement ; les voies de communication se développent considérablement ; c'est l'heure des premiers grands magasins et des premières spéculations immobilières ; on voit également émerger la logique de production de masse et le travail à la chaîne, etc. Mais ce développement industriel n'a pas que des avantages : il s'accompagne en effet de l'apparition d'une classe ouvrière désavantagée, formée en grande partie de paysans forcés d'émigrer vers les villes pour trouver du travail.

Dans le même temps, le besoin de politiques sociales plus équitables se fait sentir. Ainsi, en 1841 est votée la loi sur le travail des enfants, qui interdit d'employer un enfant de moins de huit ans et limite les heures de travail jusqu'à 16 ans. La lutte pour l'égalité, amorcée par la Révolution de 1789, reprend de plus belle après le régime autoritaire de l'Empire, et le suffrage universel masculin constitue l'une des grandes avancées de la Deuxième République, malheureusement de courte durée. Il est en effet restreint durant le Second Empire, avant d'être rétabli par la Troisième République. La liberté de la presse, accordée puis supprimée par les gouvernements successifs, est en danger constant jusqu'à son affirmation dans la loi du 29 juillet 1881, sur laquelle se fonde la liberté d'expression en France. Enfin, après des avancées dans le domaine de l'instruction publique tout au long du siècle, Jules Ferry (1832-1893) met en place la gratuité de l'enseignement primaire en 1881. L'année suivante, il rend l'instruction obligatoire et laïque, posant là l'un des fondements de la République française.

Au niveau européen, le patriotisme et la lutte pour la préservation de l'identité nationale font partie des grands sujets de préoccupation de tous les pays, et de nouvelles nations émergent tout au long du siècle : la Belgique en 1830, la Grèce la même année, l'Italie en 1870, l'Allemagne un an plus tard, la Serbie en 1878, etc. Paradoxalement, dès la Restauration, on assiste également à l'apparition d'un discours sur l'Europe et la civilisation européenne, et à des projets de collaboration entre les gouvernements nationaux.

DU LYRISME ROMANTIQUE À L'OBJECTIVITÉ RÉALISTE

L'exaltation de l'identité nationale est, entre autres, le fait de l'un des plus importants courants artistiques et littéraires de cette époque : le romantisme. Né en Allemagne au XVIIIe siècle et apparu en France dans la première moitié du XIXe siècle, ce mouvement se caractérise principalement par l'expression de l'individualité des artistes et des écrivains, qui font preuve d'une sensibilité exacerbée et font la part belle aux sentiments. Mais le romantisme, c'est aussi le retour à la nature, la réhabilitation du sentiment religieux et la glorification du passé national. Représenté en peinture par Théodore Géricault (1791-1824) ou Eugène Delacroix (1798-1863), en littérature, ses figures de proue sont Alphonse de Lamartine, Alfred de Vigny (1797-1863), Alfred de Musset (1810-1857) et Charles Augustin Sainte-Beuve (1804-1869), précédés par François-René de Chateaubriand (1768-1848). Ce dernier aura une influence considérable sur Victor Hugo, qui déclare, dans sa jeunesse, vouloir « être Chateaubriand ou rien ».

Si Victor Hugo est souvent considéré comme l'auteur romantique par excellence, il puise également son inspiration dans un courant qui se développe pour sa part essentiellement dans la seconde moitié du siècle : le réalisme. Incarné par Gustave Courbet (1819-1877) en peinture et initié par Honoré de Balzac (1799-1850) dans le domaine littéraire, le courant réaliste tente, après les envolées lyriques du romantisme, de rendre compte de la réalité le plus fidèlement possible. Objectivité et vérité sont ses principales préoccupations. Les auteurs de ce mouvement s'attachent notamment à décrire minutieusement le quotidien, dans tous ses aspects.

BIOGRAPHIE

UNE JEUNESSE BOULEVERSÉE

Victor Hugo fait partie de ces rares personnages dont la vie fut à la fois longue et intense, et ce sur tous les plans. Né à Besançon en 1802 d'une mère favorable à la monarchie et d'un père soldat puis général de Napoléon Ier, il ne connaît l'unité familiale que dans les premiers mois de son existence, brisée par la suite par les déboires sentimentaux de ses parents. Victor Hugo vit, avec ses frères aînés, Abel et Eugène, une enfance déchirée entre le foyer de leur mère et les pensionnats où leur père les envoie. Élève brillant et lecteur insatiable, il se fait remarquer dès son plus jeune âge pour ses talents d'écrivain : à 15 ans, un poème qu'il soumet au concours de l'Académie française attire déjà l'attention.

Après avoir hésité à faire Polytechnique, il commence des études de droit, mais les abandonne rapidement pour se consacrer à la littérature. En 1821, à tout juste 19 ans, il publie *Odes*, son premier recueil de poèmes, dans lequel il s'épanche sur les problèmes politiques et ses tourments personnels. Sa mère décède la même année, une épreuve qui anéantit le jeune poète. Il épouse, l'année suivante, son amie d'enfance, Adèle Foucher (1803-1868).

LES PREMIERS SUCCÈS

Dans la décennie qui suit, le couple a cinq enfants : Léopold, qui décède en bas âge, Léopoldine, Charles, François-Victor et Adèle. Hugo est alors dans une période d'intense production, à la fois romanesque, théâtrale et poétique. En 1827, *Cromwell* le positionne comme le chef de file des romantiques, en raison de la préface de la pièce, dans laquelle il théorise le drame romantique. C'est également à cette époque qu'il commence à affirmer ses positions politiques, notamment avec *Le Dernier Jour d'un condamné* (1929), dans lequel il clame son opposition à la peine de mort. L'année suivante, *Hernani* devient l'exemple par excellence du drame romantique et déchaîne la colère des auteurs classiques lors de la célèbre bataille d'Hernani.

Alors qu'il écrit *Notre-Dame de Paris* (1831-1832), Victor Hugo découvre la liaison de sa femme avec Sainte-Beuve, son plus grand ami. Après une période de désespoir profond, il retrouve la joie de vivre dans les bras de l'actrice Juliette Drouet (1806-1883), avec qui il entretient une relation qui durera jusqu'à la mort de cette dernière. L'auteur ne se séparera cependant jamais d'Adèle.

LA RECONNAISSANCE PUBLIQUE

Les drames familiaux s'enchaînent pour Victor Hugo. En 1837, il apprend la mort de son frère Eugène, interné dans un asile psychiatrique depuis plusieurs années. Parallèlement, sa carrière littéraire est sur une pente ascendante : en 1838, sa pièce *Ruy* Blas est un véritable succès et, reconnu et admiré de tous, l'écrivain accède à l'Académie française en 1841. Mais le sort s'acharne à nouveau sur lui deux ans plus tard, en 1843 : la mort tragique de sa fille Léopoldine, âgée de 19 ans, lui cause un choc dont il ne se remettra jamais. S'ensuit un silence littéraire de près de 10 ans.

Aussi sa vie sentimentale se complique-t-elle l'année suivante, lorsqu'il prend une deuxième maîtresse, Léonie d'Aunet (1820-1879), avec qui il entretiendra une liaison jusqu'en 1851. À la même époque, Hugo se rapproche du roi Louis-Philippe Ier, dont il devient le confident. Le souverain lui offre en 1845 un siège à la Chambre des pairs, où il rejoint le camp des conservateurs. Quand, lors de la révolution de février 1848, Louis-Philippe Ier se voit contraint d'abdiquer en faveur de son petit-fils, l'écrivain soutient la régence de la duchesse d'Orléans et fait partie de ceux qui répriment l'insurrection ouvrière en juin de la même année – un geste qu'il regrettera par la suite. S'il finit par apporter son soutien à Louis-Napoléon Bonaparte, Hugo, élu député à l'Assemblée, opère rapidement un virage à gauche et rejoint sur de nombreux points le camp des démocrates. Dans le même temps, réalisant que Bonaparte prend la route du pouvoir absolutiste, il prend ses distances vis-à-vis de lui. Lors du coup d'État du 2 décembre 1851, il se place du côté de la résistance puis, poursuivi par le nouveau régime, il se voit forcé de fuir.

LE TEMPS DE L'EXIL

Première étape de son exil : Bruxelles. Victor Hugo y écrit un pamphlet dirigé contre le nouveau régime – *Napoléon le Petit* (1852) –, mais la publication de cet ouvrage le contraint à quitter le territoire belge. Il s'installe alors dans les îles anglo-normandes, à Jersey puis à Guernesey, où il est rejoint par sa famille. Juliette Drouet vient elle aussi lui tenir compagnie, ce qui n'empêche pas le maître de maison de profiter des charmes de ses domestiques. Mais la ronde des malheurs se poursuit : sa fille Adèle sombre dans la folie et sa femme décède en 1868.

Sur le plan littéraire, cet exil permet à l'écrivain de composer des œuvres qui marqueront tous les esprits : en poésie, *Les Châtiments* (1853), *Les Contemplations* (1856) et la première série de *La Légende des siècles* (1859) ; en prose, *Les Misérables* (1862), *Les Travailleurs de la mer* (1866) et *L'Homme qui rit* (1869). C'est aussi à ce moment qu'Hugo, toujours marqué par la perte de sa fille, expérimente les tables tournantes et développe un profond sentiment religieux.

UN HÉROS NATIONAL

Malgré les amnisties successives prononcées par Napoléon III, Hugo refuse à plusieurs reprises de rentrer en France et ne remet le pied dans son pays qu'en 1870, suite à l'éclatement de l'Empire. Il est accueilli en héros et rejoint l'Assemblée nationale de la Troisième République. Après un nouvel exil forcé pendant la Commune, Hugo, de retour à Paris, vit de nouveaux drames personnels : les décès de ses fils Charles et François-Victor, respectivement en 1871 et en 1873, ainsi que l'internement de sa fille Adèle en maison de santé en 1872.

Il poursuit néanmoins sa carrière politique et, en 1876, rejoint le Sénat, où il siégera jusqu'à sa mort. Il continue également à écrire, et publie notamment *L'Année terrible* (1872), *Quatrevingt-Treize* (1874), *L'Art d'être grand-père* (1877) et *La Légende des siècles* (deuxième série en 1877 et troisième série en 1883). En 1883, Juliette Drouet, sa compagne de toujours, décède à son tour. Il la suivra deux ans plus tard, le 22 mai 1885. Adulé de tous – du peuple comme des grands hommes –, il reçoit des funérailles nationales et est enterré au Panthéon.

RODIN (Auguste), *Monument à Victor Hugo*, 1895-1896, bronze, 185 x 285 x 162 cm, Paris, musée Rodin. Après la mort de Victor Hugo, on décida de lui dédier un monument au Panthéon et c'est Rodin qui fut désigné pour le réaliser en 1890. Malheureusement, son œuvre fut refusée et le sculpteur réalisa dès lors différents projets. La sculpture reproduite ici représente l'écrivain pendant son exil à Guernesey, nu, au bord des rochers, entouré de deux muses.

CARACTÉRISTIQUES

UNE ÉCRITURE DE LA DÉMESURE

Le moins que l'on puisse dire, c'est que Victor Hugo ne s'est pas limité à un seul genre littéraire. Si, dans sa jeunesse, il privilégie le théâtre et la poésie, il est aussi l'auteur de nombreux romans parmi les plus célèbres de la littérature française. Il a également touché à l'écriture journalistique, et ses discours prononcés devant l'Assemblée nationale restent gravés dans les annales de la littérature politique (*Actes et Paroles*, publiés en 1875-1876). Enfin, il a laissé une production épistolaire abondante comprenant notamment de flamboyantes lettres d'amour adressées à sa femme et à ses maîtresses qui, si elles n'ont pas été écrites pour être publiées, n'en méritent pas moins le détour.

Mais parmi cette diversité, il est une constante. Dans chacune de ses œuvres, Victor Hugo éprouve, d'un point de vue stylistique, le besoin de susciter l'émotion des lecteurs ou des spectateurs. Se libérant des contraintes et du bon goût classique, il écrit dans un style exalté, voire grandiloquent, qui lui a parfois valu des critiques. Il laisse libre court à l'exagération – recourant volontiers à l'hyperbole et à l'énumération –, et mêle habilement accents lyriques et épiques, sublime et grotesque – pensons à Quasimodo dans *Notre-Dame de Paris* ou à *L'Homme qui rit* –, afin de frapper son public. Cette écriture de la démesure, qui s'impose de plus en plus à mesure que l'auteur vieillit, s'exprime par exemple pleinement dans les poèmes de *La Légende des siècles* :

> Millions, millions, et millions d'étoiles !
> Je suis, dans l'ombre affreuse et sous les sacrés voiles,
> La splendide forêt des constellations.
> C'est moi qui suis l'amas des yeux et des rayons,

L'épaisseur inouïe et morne des lumières,
Encore tout débordant des effluves premières,
Mon éclatant abîme est votre source à tous.
Ô les astres d'en bas, je suis si loin de vous
Que mon vaste archipel de splendeurs immobiles,
Que mon tas de soleils n'est, pour vos yeux débiles,
Au fond du ciel, désert lugubre où meurt le bruit,
Qu'un peu de cendre rouge éparse dans la nuit ! [...]
(Hugo (Victor), extrait du poème « Abîme »,
in *La Légende des siècles*, 1877)

LE ROMANTISME DANS TOUS SES ÉTATS

Aussi, dans cette vaste production, décèle-t-on incontestablement les grandes caractéristiques du romantisme. L'écrivain, influencé dès son plus jeune âge par Chateaubriand, est en effet l'une des figures maîtresses du mouvement romantique français. Davantage encore, c'est lui qui le porte au théâtre, d'abord avec *Cromwell* et sa célèbre préface, ensuite avec *Hernani* et la bataille qui s'en est ensuivie. Ces deux pièces – et bien d'autres – donnent naissance au drame romantique, un tout nouveau genre qui rompt avec les codes classiques – la règle des trois unités (de temps, de lieu et d'action), qui veut que chaque pièce se déroule en 24 heures, en un seul lieu et ne comprenne qu'une seule action principale, et la règle de bienséance, qui exclut certains mots ainsi que toute scène de violence ou connotée sexuellement. Le drame romantique selon Hugo se caractérise également par le mélange des styles tragique, pathétique et comique, auxquels se mêlent parfois des accents de romanesque.

Mais la contribution de l'auteur au romantisme ne s'arrête pas là. Sa poésie, centrée sur son intériorité, reflète, elle aussi, les principales préoccupations des romantiques français. L'amour, entre autres, y tient une place de choix, par exemple à travers la description des sentiments du poète pour sa femme Adèle ou pour ses maîtresses (*Les Feuilles d'automne*, 1831, et *Les Chants du crépuscule*, 1835).

En bon romantique, Victor Hugo se passionne en outre pour l'histoire : l'histoire nationale dans *Notre-Dame de Paris* et dans *Les Misérables*, ou l'histoire anglaise dans *L'Homme qui rit*. L'exaltation de la nature, autre trait romantique, occupe également une place importante dans son œuvre, notamment dans *Les Chansons des rues et des bois* (1865) ou, dans un autre registre, dans *Les Travailleurs de la mer*. Enfin, à partir de l'exil, le mysticisme et la religion – dont Hugo se fait une idée toute personnelle – s'imposent de plus en plus au sein de sa production, notamment dans les poèmes de *La Fin de Satan et de Dieu*, publiés de manière posthume.

LE GUIDE DU PEUPLE

Victor Hugo est également à l'origine d'une nouvelle vision de l'écrivain qui sera reprise par bon nombre d'auteurs romantiques. Il se sent investi d'une mission envers le peuple, qu'il souhaite délier de ses chaînes et guider vers davantage de liberté. Ses recueils poétiques témoignent particulièrement bien de cette posture – qui s'exprime aussi de manière concrète, à travers l'engagement politique de l'écrivain. Ainsi, dans *Les Châtiments*, il dénonce violemment le coup d'État du 2 décembre 1851 et le régime autoritaire de Napoléon III, qui écrase la population :

> Partout pleurs, sanglots, cris funèbres.
> Pourquoi dors-tu dans les ténèbres ?
> Je ne veux pas que tu sois mort.
> Pourquoi dors-tu dans les ténèbres ?
> Ce n'est pas l'instant où l'on dort.
> La pâle Liberté gît sanglante à ta porte.
> Tu le sais, toi mort, elle est morte.

> Voici le chacal sur ton seuil,
>
> Voici les rats et les belettes,
>
> Pourquoi t'es-tu laissé lier de bandelettes ?
>
> Ils te mordent dans ton cercueil !
>
> De tous les peuples on prépare
>
> Le convoi... –
>
> Lazare ! Lazare ! Lazare !
>
> Lève-toi ! [...]
>
> (Hugo (Victor), extrait du poème « Au peuple »,
>
> in *Les Châtiments*, 1853)

Dans ses romans, ce désir de se positionner en garant des libertés du peuple l'amène à flirter avec le réalisme. Certaines de ses premières œuvres, telles que *Le Dernier Jour d'un condamné* et *Claude Gueux* (1834), peuvent déjà être décrites comme préréalistes, en ce qu'elles visent à faire sentir l'horreur de l'univers carcéral et judiciaire en décrivant la réalité le plus fidèlement possible. Ce procédé typiquement réaliste procure à l'auteur de solides arguments, puisque basés sur des faits réels, qui lui permettent d'appuyer ses thèses politiques et sociales – ici, la lutte contre la peine de mort.

On retrouve le même procédé dans *Les Misérables*, où Victor Hugo livre une peinture sociale pleine de vérité dans le but de dénoncer la pauvreté et les mauvais traitements que l'État inflige aux défavorisés. Publié en 1852, soit au moment où le réalisme gagne du terrain sur la scène littéraire française, ce roman généralise l'usage des techniques propres au mouvement, telles que l'emploi d'un vocabulaire argotique visant à rendre les personnages plus convaincants ou la description minutieuse des conditions de vie des « misérables » de France. Il faut par ailleurs noter que ces effets réalistes ont aussi une visée didactique : s'il veut diffuser ses idées progressistes, Hugo doit d'abord s'assurer de la bonne compréhension de ses œuvres par un vaste public.

LE DERNIER JOUR D'UN CONDAMNÉ

Publié en 1829, alors que Victor Hugo a tout juste 27 ans, *Le Dernier Jour d'un condamné* est aujourd'hui l'une de ses œuvres les plus célèbres – et, avec *Les Misérables*, l'une des plus emblématiques de son engagement politique et social. Ce court roman qui prend la forme d'un texte autobiographique attire l'attention des lecteurs – en bien comme en mal – dès sa publication. En effet, sous couvert d'écrire de la fiction, ce que Hugo y réclame, c'est rien moins que l'abolition de la peine de mort.

Ce texte réunit les dernières notes supposément écrites par un homme condamné à la guillotine. Son journal, commencé à la toute fin de son séjour en prison, retrace son procès, la stupéfaction qui a suivi sa condamnation, ainsi que son arrivée à la prison de Bicêtre. Le narrateur livre des descriptions minutieuses de sa cellule et de la vie en prison. On assiste ainsi à quelques scènes plus vraies que nature, telles que le départ d'un groupe de prisonniers pour le bagne de Toulon (à grand renfort de détails sur la manière dont on ferrait, enchaînait et humiliait les bagnards), les entretiens du condamné avec le prêtre ou encore sa visite à l'infirmerie. Il raconte ensuite le jour de son exécution, étape par étape, de son réveil à Bicêtre jusqu'à son arrivée sur la place de Grève à Paris, en passant par son transport à l'hôtel de ville et sa dernière rencontre avec sa fille de deux ans. Le narrateur ne lâche la plume qu'au moment de mourir.

Ce récit factuel est mêlé à un autre récit, plus important encore et, surtout, plus frappant. C'est celui des sensations, des émotions et des peurs éprouvées par le condamné, au fur et à mesure qu'il sent la mort approcher. C'est dans cette partie du texte que se trouve le réquisitoire à peine voilé de Victor Hugo contre la peine de mort. Le condamné y raconte les angoisses terribles qui l'étreignent, l'absurdité que représente la mort pour un homme en parfaite santé ou encore la tristesse infinie d'abandonner son enfant. On le voit se raccrocher à des espoirs absurdes, par exemple celui d'être gracié par le roi ou de parvenir à s'évader sous un déguisement.

Mais que sait-on, au juste, de ce narrateur ? En réalité, peu de choses. Il est jeune, marié et père d'une petite fille. On devine, à la description de ses habits, à son vocabulaire et à sa maîtrise du latin, qu'il s'agit d'un homme de haut rang. Qu'a-t-il fait pour mériter ce sort ? Le récit ne le laisse jamais entrevoir : tout ce que nous savons, c'est qu'il « a commis un véritable crime » et qu'il « a versé du sang » (HUGO (Victor), *Le Dernier Jour d'un condamné*, Paris, Flammarion, 2013, chapitre 11). Pourquoi un tel silence ? Hugo lui-même l'explique dans la préface de l'édition de 1832. Ce qu'il tente de faire à travers ce livre, c'est de rendre le particulier universel, afin de donner plus de force à son argumentation, d'attirer l'attention des hautes sphères de la société sur une mesure injuste et, peut-être, de mener à une nouvelle loi. On notera tout de même que le souhait de Victor Hugo – l'abolition de la peine de mort – ne sera exaucé en France qu'en 1981.

HERNANI

Hernani est, avec *Ruy Blas* (1838), l'une des pièces les plus marquantes du théâtre hugolien, non seulement par son contenu et son style, mais aussi en raison des péripéties qui entourent ses premières représentations. C'est au théâtre de la Comédie-Française que l'œuvre est jouée pour la première fois, en février 1830.

L'action, située en 1519 à Saragosse (Espagne) et à Aix-la-Chapelle (Allemagne), se fonde sur une configuration amoureuse que l'écrivain reprendra l'année suivante dans *Notre-Dame de Paris*. Celui-ci met en scène une jeune femme, Doña Sol, issue de la noblesse espagnole, et trois hommes se disputant son cœur : Don Ruy Gomez de Silva, son oncle, à qui elle a été promise en mariage ; Don Carlos, le futur empereur Charles Quint ; et Hernani, un bandit de grand chemin qui se révélera être d'extraction noble. Le père de ce dernier ayant été condamné à mort par le père de Don Carlos, Hernani s'est promis de tuer le futur empereur en représailles. Une fois consacré, Don Carlos fait néanmoins preuve de clémence et rend ses titres à Hernani, en même temps qu'il l'autorise à épouser Doña Sol, qui l'aime en retour. Cependant, lié à Don Ruy Gomez par un pacte, Hernani est contraint par ce dernier, fou de jalousie, de se donner la mort lors de sa nuit de noces – précédé en cela par Doña Sol qui, désespérée, s'empoisonne. Don Ruy Gomez se donnera ensuite à son tour la mort.

On retrouve dans cette œuvre plusieurs des thématiques chères à Hugo. L'Espagne, d'abord, qui fascine l'auteur depuis l'enfance (son père y a été général sous Napoléon Ier) et que l'on retrouve dans sa poésie ainsi que dans plusieurs de ses pièces. L'empire, aussi, évoqué à travers le thème du couronnement de Charles Quint et que l'auteur, royaliste depuis l'enfance mais fasciné par la figure de Napoléon III, voit de plus en plus comme le régime idéal.

Mais ce qui marque surtout les esprits dans *Hernani*, c'est la fulgurance des passions chères au romantisme, dont Hugo se fait, avec cette pièce, le fer de lance. Cette caractéristique apparaît tout particulièrement à travers le personnage d'Hernani. Son amour brûlant pour Doña Sol, son destin de paria, son incapacité à trouver sa place dans la société, son sens du sacrifice et son courage sans limite font de lui le héros romantique par excellence. À l'inverse des héros classiques, Hernani est un être complexe.

L'auteur ancre en outre ces passions dans un cadre nouveau, celui du drame romantique. Conformément à la définition qu'il donne de ce genre dans la préface de *Cromwell*, *Hernani* mêle les genres tragique et comique, et s'affranchit de la règle classique des trois unités : l'action est double (le sacre de Charles Quint et l'histoire d'amour qui unit Hernani et Doña Sol), se déroule dans deux pays différents (Espagne et Allemagne) et s'étale sur une période de six mois. Hugo se défait aussi de la règle de bienséance : des termes tels que « bandit » ou « concubine », proscrits du registre classique, sont prononcés pour la première fois sur une scène de théâtre. C'est en partie cette nouvelle liberté de langage qui suscite la colère des plus farouches opposants au romantisme. Le désaccord entre romantiques et classiques prend des proportions folles dès les premières représentations de la pièce : les premiers s'efforcent de couvrir le bruit des seconds qui sifflent quant à eux la majorité des vers. Certains spectateurs en seraient même venus aux mains ! Mais ces événements n'empêchent cependant pas l'œuvre de connaître un franc succès et de consacrer Hugo comme chef de file de la nouvelle littérature.

NOTRE-DAME DE PARIS

Tout le monde connaît l'histoire de ce volumineux roman publié en 1831, tant les adaptations en sont nombreuses, que ce soit au théâtre, à l'opéra, au cinéma ou même en bande dessinée. À la fin du XVe siècle, Esmeralda, une bohémienne orpheline qui habite les quartiers sombres de la célèbre cour des Miracles de Paris, tombe amoureuse d'un soldat nommé Phoebus, alors sur le point d'épouser une jeune demoiselle du nom de Fleur-de-Lys. Phoebus, sans être amoureux de la belle gitane, n'est pas opposé à l'idée de passer la nuit avec elle, ce qui suscite la jalousie de Frollo, l'archidiacre de Notre-Dame, en proie à de profonds doutes concernant sa foi et lui aussi attiré par Esmeralda. L'homme d'église tente alors de poignarder Phoebus, mais c'est Esmeralda, qui partage le lit du soldat au moment du crime, qui est accusée et condamnée à la potence. Sauvée par Quasimodo, un homme bossu et boiteux recueilli par Frollo à sa naissance et lui aussi amoureux de la bohémienne, Esmeralda se réfugie dans la cathédrale. Frollo finit cependant par la livrer aux autorités et la belle est pendue. Quasimodo, furieux, pousse l'homme d'église du haut de la cathédrale, puis rejoint la dépouille d'Esmeralda pour se laisser mourir auprès d'elle.

Cette œuvre haute en couleur appartient au genre du roman historique, qui doit sa popularité à l'école romantique et surtout aux œuvres de l'écrivain écossais Walter Scott (1771-1832), l'auteur du célèbre *Ivanhoé* (1819). Victor Hugo situe la trame de son histoire à la toute fin du Moyen Âge, laissant entrevoir le début des Temps modernes. À côté de personnages ayant réellement existé, tels que le roi Louis XI (1423-1483), ou inspirés de figures réelles, par exemple Frollo et le poète Gringoire, s'ajoutent d'autres figures créées de toutes pièces par l'écrivain mais conformes aux stéréotypes qui avaient cours au XIXᵉ siècle au sujet de la période médiévale. Citons par exemple Quasimodo, le monstre difforme, Esmeralda, l'enjôleuse, ou encore Phoebus, le soldat à la virilité bien affirmée. On retrouve également dans ce roman l'intérêt de Victor Hugo pour les basses couches de la société, pour le peuple, à qui jusqu'à présent la littérature n'avait que peu prêté sa voix. L'auteur affiche ainsi sa fascination pour la cour des Miracles et ses habitants, faux estropiés et vrais voleurs vivant aux confins de la société. Autre thématique qui hante l'ensemble de l'œuvre hugolienne : la mort injuste, à travers le sort d'Esmeralda, livrée à la potence alors qu'elle est innocente. Voilà qui prolonge la réflexion abordée deux ans plus tôt dans *Le Dernier Jour d'un condamné*. Abordant ainsi, sous le vernis historisant, des thèmes actuels, Hugo s'éloigne radicalement d'une simple reconstitution du passé.

Enfin, cette œuvre se démarque également par un important contraste entre le sublime et le grotesque, l'une des grandes constantes de la production hugolienne. Si le sublime trouvait déjà grâce aux yeux des auteurs du xviiie siècle, il s'exprime essentiellement chez les auteurs romantiques. Quant au grotesque, c'est surtout l'influence de William Shakespeare (1564-1616) qui incite Hugo à en faire usage. *Notre-Dame de Paris* balance constamment entre ces deux pôles : grotesque de la fête des fous où Quasimodo est élu pape ou encore de son physique difforme, mais sublime de l'amour qu'il porte à Esmeralda ou de l'amour qu'elle-même porte à Phoebus.

LES CONTEMPLATIONS

Ce recueil, publié en 1856, durant l'exil de l'auteur à Guernesey, rassemble des poèmes rédigés entre 1830 et 1855, et s'articule autour de la mort de sa fille Léopoldine. Cet événement dramatique a eu un retentissement considérable sur la vie de l'auteur, qui ne s'en est jamais vraiment remis, et a laissé une empreinte profonde sur son œuvre poétique.

Les Contemplations sont divisées en trois parties. La première, intitulée « Autrefois », est composée de trois livres (« Aurore », « L'Âme en fleur » et « Les Luttes et les Rêves ») et retrace, à la manière d'une autobiographie, l'itinéraire spirituel du poète de 1830 à l'accident tragique, en 1843. Cette première section se veut le reflet de l'amour et de la confiance en la vie qui animaient alors Victor Hugo. La seconde partie, « Aujourd'hui », également composée de trois livres (« Pauca Meae », « En marche » et « Au bord de l'infini »), rassemble des poèmes rédigés entre 1843 et 1855, empreints du deuil et de la tristesse provoqués par la disparition de Léopoldine. On y retrouve le célèbre poème « Demain, dès l'aube... », dans lequel l'écrivain fait part de son besoin de se rendre sur la tombe de sa fille. Le recueil est clôturé par un épilogue, « À celle qui est restée en France », composé de huit poèmes dédiés à Léopoldine.

La préface indique sans ambages l'objectif poursuivi par l'écrivain dans ce recueil : « Qu'est-ce que les Contemplations ? C'est ce qu'on pourrait appeler, si le mot n'avait quelque prétention, les Mémoires d'une âme. » (HUGO (Victor), *Les Contemplations*, Paris, GF-Flammarion, 2008, préface) Le recueil s'inscrit ainsi pleinement dans le romantisme. Toutefois, cette âme, loin de n'être que la sienne, est celle de tous les hommes :

> Ma vie est la vôtre, votre vie est la mienne, vous vivez ce que je vis ; la destinée est une. Prenez donc ce miroir, et regardez-vous-y. On se plaint quelquefois des écrivains qui disent moi. Parlez-nous de nous, leur crie-t-on. Hélas ! quand je vous parle de moi, je vous parle de vous. Comment ne le sentez-vous pas ? Ah ! insensé, qui crois que je ne suis pas toi ! (*Ibid.*)

Par ailleurs, Hugo défend aussi, dans ce recueil, la vision romantique du langage et de la poésie. Dans le poème « Réponse à un acte d'accusation », il affirme clairement sa volonté d'employer un langage populaire : « Je mis un bonnet rouge au vieux dictionnaire./ Plus de mot sénateur ! plus de mot roturier !/ Je fis une tempête au fond de l'encrier. » Et dans sa revendication de liberté, la versification n'est pas en reste : à l'alexandrin classique, traditionnellement composé de deux hémistiches de six pieds, Hugo substitue parfois un alexandrin que l'on appelle le trimètre romantique. Ce vers est découpé en trois mesures, habituellement de quatre pieds chacune. On en trouve notamment un exemple dans « Demain, dès l'aube... » : « Je m'en irai/ les yeux fixés/ sur mes pensées ».

À la fois livre du deuil et de la nostalgie, pont jeté vers les autres hommes et œuvre iconoclaste, *Les Contemplations* offrent un excellent condensé de la vie intérieure de Victor Hugo à cette période, mais également un magnifique exemple de ses ambitions littéraires.

LES MISÉRABLES

Publiée en 1862, alors que l'auteur est en exil à Guernesey, cette œuvre est le grand roman social de Victor Hugo, celui où s'exprime le mieux son point de vue sur les questions de la pauvreté, du travail et de l'éducation. L'écrivain commence ce roman en 1845, alors qu'il vit toujours sur le sol français, mais les bouleversements politiques et l'exil l'obligent à en différer la rédaction durant une quinzaine d'années.

L'action des *Misérables* s'inscrit elle aussi dans un cadre bien réel : elle prend place entre la défaite de Napoléon Ier à Waterloo en 1815 et l'insurrection républicaine de juin 1832 à Paris. Hugo embrasse donc toute la période de la Restauration, ainsi que les deux premières années de la monarchie de Juillet. Le fil rouge du récit, c'est la vie du personnage de Jean Valjean, de sa sortie du bagne en 1815 jusqu'à sa mort. Incarnation par excellence du « misérable », il prend la route de la rédemption suite à un geste de générosité de la part d'un homme de Dieu. Son chemin croise celui de nombreux personnages, issus de tous les milieux sociaux, en province et à Paris : Javert, un inspecteur de police lancé à sa poursuite ; Fantine et sa fille Cosette, autres images de la misère ; les Thénardier, des aubergistes qui exploitent la petite Cosette ; Gavroche, leur fils, le type même du gamin de Paris ; Marius, un jeune bourgeois amoureux de Cosette ; Éponine, elle-même amoureuse de Marius, etc. Autant de personnages dont tout le monde a déjà entendu parler, même sans avoir lu le roman. À l'instar de *Notre-Dame de Paris*, cette œuvre a en effet fait l'objet d'un nombre impressionnant d'adaptations en tous genres, dont la dernière, au cinéma, date de 2012 (*Les Misérables*, film réalisé par Tom Hooper).

Dans ce roman, Victor Hugo se fixe le double objectif de montrer la misère sous toutes ses coutures et de donner à voir le lien étroit entre l'absence d'éducation et le crime : les personnages non éduqués se voient voués à la déchéance et le recours au crime programmé constitue leur unique moyen de subsistance. Dès le titre, Hugo exprime la perte d'individualité de ces « misérables », indistincts et anonymes, qui sortent des ténèbres pour y retomber aussitôt, que ce soit par le bagne ou par la guillotine. Si l'auteur s'est défendu d'avoir écrit un roman à thèse, on peut difficilement trouver une expression plus forte de ses idées politiques. Il prône notamment la nécessité pour l'État de procurer éducation et moyens de subsistance aux couches les plus pauvres de la population, ainsi que la mise en place d'une justice équitable envers celles-ci.

Pour convaincre le lecteur du bien-fondé de ses idées, Hugo utilise des techniques propres au réalisme. Il dote ainsi chaque personnage d'un parler qui lui est propre, en fonction de sa classe sociale et de son métier, afin d'accentuer la distance qui sépare les différentes couches de la population française. La pauvreté et la misère sont par ailleurs décrites dans des termes à la fois crus et précis, d'une manière qui annonce même, par certains côtés, le courant naturaliste. Mais *Les Misérables* possèdent malgré tout de nombreux traits du romantisme cher à l'auteur : celui-ci y explore longuement les méandres de l'âme humaine (pensons par exemple à Jean Valjean ou à Javert) et fait de l'amour un sentiment magnifique, d'abord à travers la relation amoureuse qui unit Cosette et Marius, mais aussi dans la tendresse paternelle de Jean Valjean envers Cosette.

BAYARD (Émile), *Cosette chez les Thénardier*, illustration pour l'édition des *Misérables* chez G. Routledge and Sons, Londres, 1887.

VICTOR HUGO, UNE SOURCE D'INSPIRATION

Il est difficile de démêler les fils de l'influence que Victor Hugo a exercée sur ses contemporains et sur ses successeurs. Aujourd'hui encore, nombreux sont les auteurs qui disent l'admirer et s'en inspirer, sans pour autant se revendiquer du romantisme. Une chose au moins est sûre : l'apport d'Hugo à l'école romantique est considérable, et sa posture de poète garant des libertés du peuple a influencé de nombreux auteurs qui, à sa suite, ont considéré que leur devoir était de prendre part à la vie de la cité.

ROUBAUD (Benjamin), *Victor Hugo à la tête de l'armée romantique*, 1842, caricature.

L'influence de Victor Hugo s'est d'abord fait sentir, dès les années 1820, grâce à son rôle de jeune chef de file des romantiques. Lors de la bataille d'Hernani, l'écrivain dispose d'une véritable armée de partisans (de jeunes auteurs pour la plupart) parmi lesquels se trouvent notamment Théophile Gautier (1811-1872) et Gérard de Nerval (1808-1855), tous deux de fervents admirateurs du génie hugolien. Le premier prendra cependant ses distances avec le romantisme et son rôle social dès 1834, en formalisant le principe de l'art pour l'art repris par le mouvement poétique du Parnasse. Tout en dérivant du romantisme, celui-ci rejette l'adoption d'un point de vue personnel et l'implication du poète dans la société. Ainsi, l'influence de Hugo sur les poètes de son siècle se manifeste donc aussi par leur désir de s'affranchir du modèle romantique. De nombreux auteurs connus aujourd'hui comme parnassiens ont d'abord été romantiques, et parmi ceux-ci, bon nombre s'inspiraient de Hugo. C'est notamment le cas de Catulle Mendès (1841-1909), de François Coppée (1842-1908), ainsi que de Leconte de Lisle (1818-1894), qui succède d'ailleurs à Hugo à l'Académie française. Stéphane Mallarmé (1842-1898), une figure-clé du symbolisme, s'est lui aussi fortement inspiré de Victor Hugo, surtout dans ses premiers poèmes. Si celui-ci prend ensuite ses distances avec la sentimentalité et l'exaltation de la poésie hugolienne, il n'en prolonge pas moins le travail de déconstruction du vers classique entamé par son aîné.

Ainsi, on le voit, Hugo a principalement inspiré les poètes. Et pour cause, puisque son œuvre poétique est particulièrement dense. Mais il a aussi exercé une grande influence sur l'un des plus grands prosateurs du XIXe siècle français : Gustave Flaubert (1821-1880). Admirateur et ami du « grand crocodile » (c'est le nom qu'il lui donne dans sa correspondance), Flaubert se situe tout au long de sa carrière littéraire à cheval entre romantisme et réalisme, et mêle volontiers les styles, à l'instar du maître.

L'influence de l'écrivain ne s'est pas non plus arrêtée aux frontières françaises : son roman *Les Misérables* a considérablement influencé le travail de l'Anglais Charles Dickens (1812-1870) ou encore du Russe Fedor Dostoïevski (1821-1881).

- Admiré dans son pays comme à l'étranger, Victor Hugo est l'un des auteurs les plus célèbres de la littérature française. Né en 1802 et mort en 1885, il traverse tout le XIXe siècle et vit au rythme de ses multiples rebondissements politiques, qu'il commente volontiers dans ses œuvres.

- Figure phare du romantisme, il renouvelle le théâtre en théorisant un tout nouveau genre : le drame romantique, qu'il porte à la scène, notamment avec *Hernani*. Mais loin de se limiter au théâtre, sa contribution au romantisme s'étend également à la poésie et au roman, à la fois à travers son style et ses thèmes.

- Dans chacune de ses œuvres, Victor Hugo cherche à susciter l'émotion des lecteurs. Se libérant des contraintes classiques, il déploie un style exalté, voire grandiloquent, qui laisse libre court à l'exagération, et mêle habilement accents lyriques et épiques, sublime et grotesque.

- Parmi ses sujets de prédilection, on trouve sa vie et ses tourments – essentiellement dans ses recueils poétiques –, l'amour, évidemment, mais aussi l'histoire, la nature ou encore la religion.

- La société de son temps, ses inégalités et ses injustices occupent également une large place dans sa production. Victor Hugo se sent en effet investi d'une mission envers le peuple, qu'il souhaite délier de ses chaînes.

- Hugo s'investit également concrètement dans la vie politique de son temps. Véritable avocat du progrès social, il défend l'accès au travail et à l'éducation, lutte contre la peine de mort, et soutient fermement la démocratie et les libertés. Il apparaît ainsi comme l'un des exemples les plus emblématiques de l'écrivain engagé.

POUR ALLER PLUS LOIN

SOURCES BIBLIOGRAPHIQUES

- CHARLES (David), CHARLES-WURTZ (Ludmila) et MILLET (Claude), « *La Légende du siècle* », in *L'Invention du XIXe siècle. Tome 1. Le XIXe siècle par lui-même (littérature, histoire, société)*, Paris, Presses de la Sorbonne nouvelle, 1999.
- DECAUX (Alain), *Victor Hugo*, Paris, Perrin, 1984.
- HUGO (Victor), *Hernani*, Paris, Flammarion, 2012.
- HUGO (Victor), *La Légende des siècles*, Paris, Le Livre de poche, 2000.
- HUGO (Victor), *Le Dernier Jour d'un condamné*, Paris, Flammarion, 2013.
- HUGO (Victor), *Les Châtiments*, Paris, Le Livre de poche, 1973.
- HUGO (Victor), *Les Contemplations*, Paris, Flammarion, 2008.
- HUGO (Victor), *Les Misérables*, Paris, Le Livre de Poche, 1998.
- HUGO (Victor), *Notre-Dame de Paris*, Paris, Pocket, 2013.
- LAFORGUE (Pierre), « Politique d'*Hernani*, ou libéralisme, romantisme et révolution en 1830 », in *Groupe Hugo*, consulté le 10/03/2015.
http://groupugo.div.jussieu.fr/Default_Etudes.htm
- LOSADA (José Manuel), « Victor Hugo et le grotesque », in *Thélème. Revista Complutense de Estudios Franceses*, 2006, n° 21, p. 115-124.
- MESCHONNIC (Henri), « Portrait de Victor Hugo en homme siècle », in *Romantisme*, 1988, n° 60, p. 57-70.
- PEYRACHE-LEBORGNE (Dominique), « Victor Hugo et le sublime : entre tragique et utopie », in *Romantisme*, 1993, n° 82, p. 17-29.
- ROSA (Guy), « *Les Misérables* – Histoire sociale et roman de la misère », in *Groupe Hugo*, consulté le 10/03/2015.
http://groupugo.div.jussieu.fr/Default_Etudes.htm

- VARGAS LLOSA (Mario), « Les civilisés de la barbarie (sur *Les Misérables*, de Victor Hugo) », in *Romantisme*, 2006, n° 134, p. 95-105.

SOURCES ICONOGRAPHIQUES

- BAYARD (Émile), *Cosette chez les Thénardier*, illustration pour l'édition des *Misérables* chez G. Routledge and Sons, Londres, 1887. La photo reproduite est réputée libre de droits.
- RODIN (Auguste), *Monument à Victor Hugo*, 1895-1896, bronze, 185 x 285 x 162 cm, Paris, musée Rodin. La photo reproduite est réputée libre de droits.
- ROUBAUD (Benjamin), *Victor Hugo à la tête de l'armée romantique*, 1842, caricature. La photo reproduite est réputée libre de droits.

www.50minutes.com

Éditeur responsable : Lemaitre Publishing
Rue Lemaitre 6 | BE-5000 Namur
info@lemaitre-editions.com

ISBN ebook : 978-2-8062-6280-6
ISBN papier : 978-2-8062-6281-3
Dépôt légal : D/2015/12603/71
Photo de couverture : © Photographie de Victor Hugo (1884),
par Nadar. Réputée libre de droits.

Conception numérique : Primento,
le partenaire numérique des éditeurs